KB189253

나만 그런 게
아니었어

나만 그런 게

요시타케 신스케 지음 | 이소담 옮김

아니었어

김영사

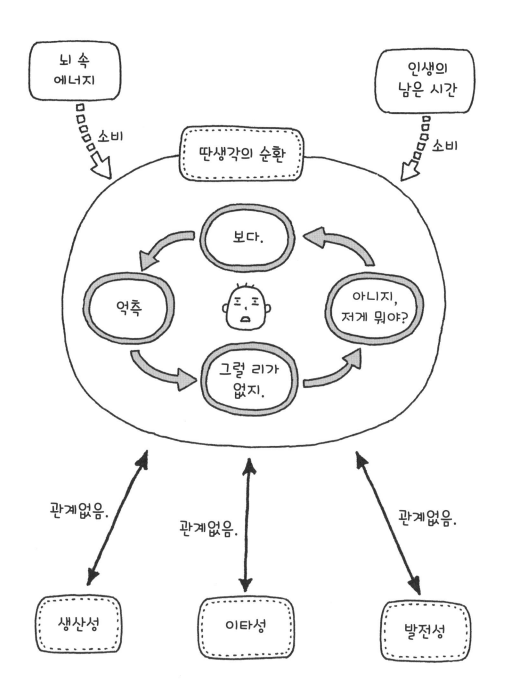

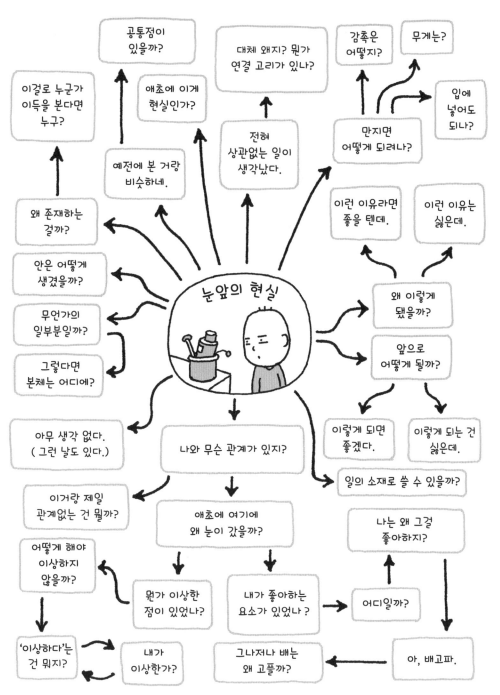

시작하며

"엉뚱한 소리 좀 그만해."
어른들 세계에서는 자주 듣는
말입니다. 정말 그래요.

그런데,
그런 말이 자주 들리는 게
이상하지 않을 만큼, 이 세상은
딴생각으로 가득한지도 모르겠습니다.

이렇게 말하는 저 역시 날마다
엉뚱한 생각을 합니다.

이 책은 저의 엉뚱한 생각과
여기저기 그렸던 소소한
이야기들을 한데 모은
것입니다.

어떻게 보면
읽을거리가 풍성하다고
할 수 있겠죠.

여러분이 하루하루 살아가면서
자기도 모르게 엉뚱한 생각을 내뱉었을 때,
그것 때문에 곤란을 겪었을 때,

"나만 그런 게 아니었네.",
"그나마 나는 괜찮은 편이네." 하며
스스로를 위로하고 용기를 얻는 데
이 책이 도움이 된다면,
그보다 기쁜 일이 없겠습니다.

드라이브

조수석에 화분을 싣고 가는
사람을 봤다.

가장 좋아하는 장소에
화분을 데리고 가서
같이 석양을 보려는 걸까?

그 자리에서

저 멀리 지붕 위에
사람이 서 있다.

"감자튀김 M 사이즈,
바로 튀겨서 가져다드릴 테니
지붕 위에서 기다려 주세요."라는 말을
들은 사람일까 생각했다.

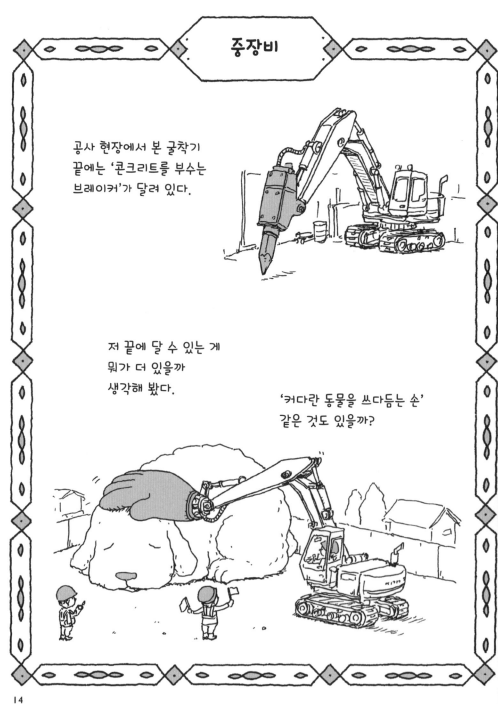

중장비

공사 현장에서 본 굴착기
끝에는 '콘크리트를 부수는
브레이커'가 달려 있다.

저 끝에 달 수 있는 게
뭐가 더 있을까
생각해 봤다.

'커다란 동물을 쓰다듬는 손'
같은 것도 있을까?

연기파

감기약 포스터의
'목 아픈 사람' 연기가
아주 훌륭했다.

목감기 콧물감기

어떤 증상도 연기할 수 있는
'감기 연기의 전문가'가 아닐까
하는 생각까지 들었다.

...... 좋아요.

'이틀 전 저녁부터
목이 아프더니
오늘 아침에
미열과 나른함,
팔꿈치 통증을
느끼는 얼굴'로요.

그런 증상이라면 독감?
A형? B형?

말이 없는 이유

동물은 언제나
말이 없다.

동물들은
아무 생각이 없으니까
아무 말이 없는 걸까.

· · · · · ·

아니면
모든 게 다 보이니까
모든 걸 받아들이고 일부러
말을 안 하는 걸까.

어느 쪽이든
동물은 언제나
무섭다.

· · · · · · 전부
다 들킨 건가?
이것도?
저것도?

가진 것 없이 산다

빈손으로
살아가는 동물들이
참 대단하다.

크로스백이나 배낭을 메는
동물을 본 적이 없으니까.

빈손으로도 괜찮다.

짐을 넣을 곳이
필요하다.

그렇게 생각하면
가장 진화한 동물은
캥거루 아닐까?

빈손으로도
괜찮지만

처음부터
넣을 곳이 있다.

셀프서비스

셀프

최근 들어
'셀프' 주유소가 많아졌는데,

뭐든지 다
셀프로 변하면
곤란하겠다는
생각이 들었다.

3번지
신경외과 병원

셀프

어느 것이 어느 거?

얼마 전에 갔던
가게의 화장실에서
물 내리는 버튼이 무엇인지
한참이나 고민했다.

'화장실 문 열기' 버튼을
실수로 누르지 않아서 다행이었다.

전문가

비행기를 탔는데
"객실 승무원이 착륙 준비를
시작합니다."라는
안내 방송이 나왔다.

승무원이 바퀴가 되는 준비일까?

장난

어린아이가
비둘기를 쫓으며
놀고 있다.

저 아이처럼
장난치는 기분으로
세상에 참견하는 신도
틀림없이 있지 않을까?

들여다보고 싶다

요즘은 다——들 계——속 스마트폰을 들여다본다.

조만간 '스마트폰 달린 무덤'이 생길지도 모르겠다.

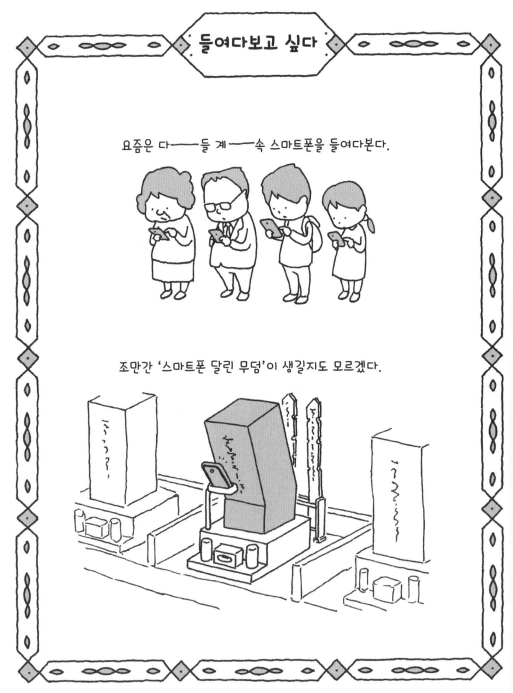

사이즈 감각

낡은 집 마당에 낡은 물건이 있었는데,
형태와 크기를 보고 '개집이구나.' 생각했다.

약간 신기한 형태나 크기였다면
'무슨 집이라고 여겼을까?' 하고 생각했다.

새집

토끼집

. . . . . ?

산다는 것은

비틀비틀 걷던 할아버지가 구급차 소리를 듣더니
그쪽으로 구경을 가려 했다.

삐— 뽀—
삐— 뽀—
삐

사람이란 몇 살이 되어도 호기심에 따라 움직이는구나
싶어서 기분이 좋아졌다.

기대

얼마 전에 다녀온 공원에는 여기저기에
'살모사 조심'이라는 표지판이 있었다.

호오-.

살모사 조심

점점 '오히려 나왔으면
좋겠는데.' 하는 생각이 들었고,
공원을 나설 때쯤
'다시 오고 싶다.'는
생각까지 들었다.

결국
안 나왔잖아!

살모사 랜드

차라리 마지막에
반드시 나오도록 만들면
입장료도 받을 수
있지 않을까?

얼마 전에
눈썹이 굉장히 긴
할아버지를 봤다.

'눈썹으로 하늘을 나는 일족'의
후예인 건 아닐까 생각했다.

"좋아하는 일을 직업으로 삼아라!"라고 주장하는 책이
잔뜩 진열되어 있었다.

저 작가의 직업이 '킬러'라면 곤란하겠는데 싶었다.

27

값어치

똑

으악,
빗나갔다.

오른쪽 눈에
안약을 넣을 때면
꼭 실수를 한다.

누가 저주를 건 게
아닐까 싶을 정도로.

'평생 한쪽 눈에 안약 못 넣기.'
이 정도의 저주는
8만 원 정도면
살 수 있지 않을까?

선택받은 자

가끔 '저건 뭘(누구를) 따라 한 거지?', '미용실에 뭐라고 말하면 되지?' 싶은 머리 모양을 본다.

분명 '특정한 인생 경험을 한 사람'만 받을 수 있는 헤어스타일 카탈로그가 존재하는 게 틀림없다.

12B···

'헤-12B' 머리로 부탁합니다.

····· 알겠습니다.

언젠가 찾아올 그날을 위해 '이제 모든 준비가 됐다는 증거'로 그렇게 머리 모양을 바꾸는 게 틀림없다.

비슷할 뿐

레스토랑에서 카레를 담는 그릇을 보면
항상 마법 램프와 비슷하다고 생각했다.

이야기의 원작에서는 '소원'이 조금 달랐던 게 아닐까?

자! 무슨 카레가
먹고 싶으냐?

네?

카, 카레만요?

소원을 담아

'사랑하는 아이가 무럭무럭 자라기를 기원하는 물건'은
종류가 정말 다양하다.

짜잔!

'사랑하는 부모님의 편안한 노후를 기원하는 물건'도
앞으로 다양하게 나오지 않을까?

짜잔!

얼마 전에 본 외국인 관광객들은 웨일인지
다들 길쭉한 나무 막대를 들고 있었다.

'일본은 악어가 많으니까 버티기용 막대 필수'라는
잘못된 여행 안내서를 본 걸까?

트럼프 모임

카페에 머리가 완벽하게 하트 모양인
사람이 있었다.

스페이드, 다이아몬드, 클로버 머리 모양의
친구들을 기다리고 있는 건 아닐까?

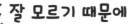

잘 모르기 때문에

명절이나 행사 때, '자기가 무슨 일을 당하고 있는지, 자기가 지금 어떤 상황인지 전혀 모르는 상태'인 아기들의 모습은 참 귀엽다.

우주 어딘가에서는 그런 식으로 인간을 지켜보는 우주인이 있을지도 모르겠다.

사투리

얼마 전에 병원에서 혈압을 쟀는데, 혈압 측정기의
'안내 음성' 억양이 조금 독특했다.

분명 지방 공장에서 만든 기계일 거라 생각했다.

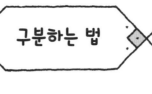

구분하는 법

자동차나 배가 무거운지 가벼운지(짐이 쌓인 상태인지 아닌지)는
바로 알 수 있다.

가볍다.　　무겁다.

가볍다.　　무겁다.

내면이 텅 빈 인간은 어디를 보면 알 수 있을까?

건강을 위해

상처를 핥거나 깨물지 못하게
개나 고양이의 목에 씌우는 넥카라.

인간에게도 '괜한 생각을 떠올리지
못하게 하는 기구'가 있었으면 좋겠다.

축하할 일

어린이에게는 '자라거나 빠지는 것'이
성장의 증거이면서 기쁜 이벤트이다.

어른에게도 적용되면 참 좋겠다.

보통의 선택

무언가 선택하는 것이 어려워서
무심코 '일반적인 것'을 물어봅니다.

이 옵션은
어떻습니까?

…… 다들 보통
어떻게 하나요?

먼 훗날 '직접 생각하지 않은 죄'로
지옥에 떨어져도 똑같은 소리를 할 것 같다.

네가 갈
지옥을
선택해라.

…… 다른 망자들은
보통 어디로 가나요?

우선 무엇을

"초밥집에 가면 우선 ○○을 시키지. ○○을
보면 그 가게의 실력을 대충 알 수 있거든."
같은 말을 자주 듣는다.

우선 전어를
먹어 볼까.

네.

음,
왔군….

어떤 일이든 '실력이 잘 드러나는 작업'이
있을 텐데, 일러스트레이터에게는
그게 무엇일까 생각해 봤다.

우선 '자유의
여신상'을
그려 주실래요?

네.

실력을
보자는 건가?

중요한 너비

문득 화장실에서 '화장실 휴지의 너비는
전 세계 어디나 똑같을까?', '누가 처음으로
정했을까?' 하는 생각이 들었다.

어느 날, 눈을 떠 보니 내가 '다른 세계'에 있는데,
'화장실 휴지의 너비가 절반인 세계'라면
곤란할 것 같았다.

잘 나누면
자원

쓰레기 분리수거 통이 있다.

좀 더 다양하게 나누어 놓으면 재미있지 않을까?

타는 것 · 타지 않는 것 · 시원찮은 것 · 보이지 않는 것 · 자라지 않는 것 · 사라지지 않는 것

표정

요전에 꽉 막힌 도로 위에 갇힌 적이 있다.
바로 옆 차 운전자가 짜증을 냈다.

정체에 빠진 사람들의 사진집이 있다면
꼭 사고 싶다고 생각했다.

훌륭한 일

'올라가기 쉬운 나무'는 어린이들에게 인기다.

'올라가기 쉬운 나무를 키우는 일'이 있으면 좋겠다.

캐릭터

얼마 전, 아들이 영구차를 보고

"귀여운 자동차!"라고 말했다.

그 말을 들으니, 좀 더 다양한 영구차가
있어도 괜찮겠다는 생각이 들었다.

미래형

부드러운 느낌

빠른 느낌

강한 느낌

단순한 모양

호화로운 모양

증거

화석 덕분에 먼 옛날 공룡이 살았다는 사실을
알 수 있지만,

공룡이 멸종한 뒤, 어쩌면 '해파리처럼 부드러운 무언가'가
요만조만한 지적인 생명체로 번성한 시대도 있지 않았을까?

너무 부드러워서 화석이 남지 않았으니
증명할 수는 없겠지만.

마법의 약품

얼마 전, 세련된 잡화점에서 약간 빈티지한 금속 케이스 튜브를 팔고 있었다. 손바닥 그림이 그려져 있었다.

바른 곳에서 손이 자라는 크림일까?

잘 읽어 보니 핸드크림이었다.

아—.

자유의 정체

일이나 공부 때문에 수면 시간을 스스로
정하지 못하는 사람이 많다.

그런 사람이라도 자기 베개의 위치만큼은
자유롭게 정할 수 있다.

그렇다면 인간에게 '진정한 자유'란
오로지 베개의 위치만을 의미하는 게 아닐까.

신사의 증거

'신사용 속옷'이나
'신사용 양말' 등
다양한 신사용 ○○이
있는데,

'신사'라는 존재를
본 적이 없다는
생각이 들었다.

앗!
저분은 신사?

아, 이건 '신사용'이어서
손님이 쓰시기에는……

'아저씨용 속옷'은
지하 2층에 있습니다.

남아 있는 것

문 닫기 직전 마트에 갔더니, 팔리지 않고 남은
감자(마지막 3개) 모양이 참 개성적이었다.

이렇게 '마지막까지 아무에게도 선택받지 못한 것들'을
전시한 박물관이 있다면 보러 가고 싶었다.

아~~~
이건 남겠네~~.

기원

빈 페트병을 (아마도 무의식적으로) 리듬감 있게
찌부러뜨리며 걷는 아저씨가 있었다.

와작
와작
와작
와작
와작
와작

와작
와작
와작

인류가 음악을 발명한 순간은
분명 이런 느낌이었을 것이다.

통통통 ♪
통통통 ♪

생떼 부리기

인간이란 언제나 자기가 갖지 못한 것을
갖고 싶어 하는 존재라고 생각한다.

아니.
저게 더 좋아.

그러니, 생명이
가득 넘칠 때는
'죽음'을 동경하고,

생명이 약해지면
'삶'을 동경하는
것이겠지.

꿈에

아침에 둘째 아들이 "꿈에 엄청 커다란 사슴벌레가 나와서
잡으려고 했는데 잠에서 깨 버렸어."라며 아쉬워했다.
"처음 보는 모양의 뿔이었는데, 전에도 꿈에 한 번 나왔거든." 하면서.

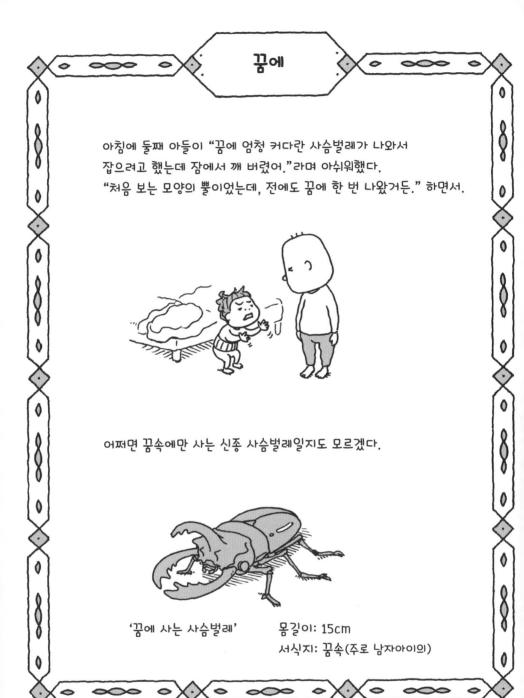

어쩌면 꿈속에만 사는 신종 사슴벌레일지도 모르겠다.

'꿈에 사는 사슴벌레'   몸길이: 15cm
                              서식지: 꿈속(주로 남자아이의)

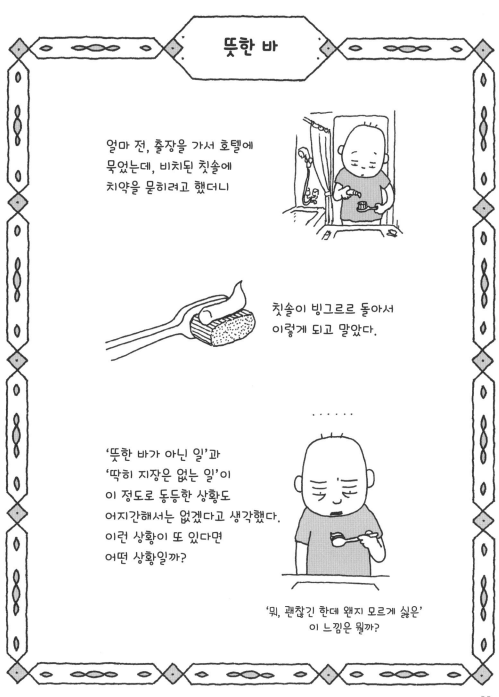

뜻한 바

얼마 전, 출장을 가서 호텔에
묵었는데, 비치된 칫솔에
치약을 묻히려고 했더니

칫솔이 빙그르르 돌아서
이렇게 되고 말았다.

. . . . . .

'뜻한 바가 아닌 일'과
'딱히 지장은 없는 일'이
이 정도로 동등한 상황도
어지간해서는 없겠다고 생각했다.
이런 상황이 또 있다면
어떤 상황일까?

'뭐, 괜찮긴 한데 왠지 모르게 싫은'
이 느낌은 뭘까?

공항에 기장의 얼굴을
도려낸 포토 존이
있었다.

얼굴 내밀고 서 봐!

사진을 크게
확대한 것.

이 포토 존을 만들 때,
분명 얼굴의 도려낸 부분은
모델이 된 기장에게
기념으로 주지 않았을까.

그것을 받은 기장은
자기 얼굴이니 버릴 수도 없고
책상 서랍에 가만히
넣어 뒀겠지.

그렇다면 세상 어딘가에
'얼굴'이 들어 있는
책상이 있겠구나……

인간다움

매일 어디선가 누군가가
화를 내거나 야단맞고,
숨기거나 들키면서
살고 있겠지.

40대 후반쯤 되자
양쪽 기분을 다 이해하게 됐다.
그런 작은 사건들은 앞으로도
영영 사라지지 않을 것이라는 사실도.

차라리 '양쪽의 기분을 다 이해하는 상'을 만들어서
관계자 전원에게 상을 주면, 어른들도 재미있어하지 않을까.

옆자리 단체 손님 중
한 명이 "○○를 주문하신
손님?"이라는 말에
손을 살짝 들었다.

그 모습이 왠지 귀여워서,
전 세계에서 촬영한
'살짝 손을 드는 사람들'
사진집이 있다면
꼭 갖고 싶다고 생각했다.

상태 이상

호텔의 텔레비전 리모컨,
안쪽에서 어떤 부품이
빠졌는지 사용할 때
너무 기분 나쁜 소리가 났다.

그런 점에서 마라카스는 소리가 나는 게 당연하니까,
안에서 뭐가 잘못돼도 아무도 알아차리지 못하겠구나
생각했다.

정상   고장

찾는 것

카페에서 다른 손님이
두리번거리는 모습을 보고
'아, 화장실을 찾는구나.'
알아차렸다.

음식점 + 두리번두리번 = 화장실
이니까.

예수 그리스도도 최후의 만찬 중 자리에서 일어나
두리번거리지 않았을까 상상해 봤다.

아,
끝까지 가셔서
오른쪽이요!

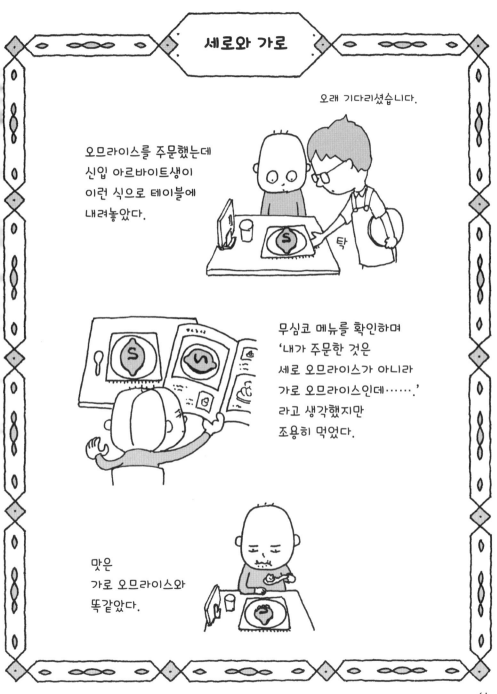

세로와 가로

오래 기다리셨습니다.

오므라이스를 주문했는데
신입 아르바이트생이
이런 식으로 테이블에
내려놓았다.

탁

무심코 메뉴를 확인하며
'내가 주문한 것은
세로 오므라이스가 아니라
가로 오므라이스인데……'
라고 생각했지만
조용히 먹었다.

맛은
가로 오므라이스와
똑같았다.

덜컹　덜컹

덜컹　　덜컹

후루룩～.

부릉～

．．．．．

귀엽다…
로봇 같고….

아, 맞다….

'그림책'을 주제로
짧은 이야기를
그리려고 했지….

어떤 이야기를
그릴까….

으-음….

그림책…
로봇….

그림책…
그림책 낭독…

로봇….

행복하게
살았습니다….
로봇….

・・・・・

쓱쓱….

쓱쓱….

그림책 읽어 주는

로봇

행복 -

행복-C는
그림책을 읽어 주는
용도로 개발된 로봇입니다.

바쁜 아빠와 엄마를 대신해
그림책을 읽어 주어
어린이들을 즐겁게
해 주는 것이
행복-C의 역할입니다.

행복-C는
어린이들에게
인기가 대단했습니다.

어딜 가든
굉장히 바빴습니다.

하지만 이제
이 근처에는
어린이들이 없습니다.

어느새 어린이들은
모두 어른이 되어
더 큰 마을로
떠났습니다.

이제 아무도
이야기를 들어 주지
않습니다.

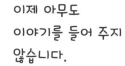

"나는 이제
필요가 없나……."

어린이들을
찾아다니던
행복-C는
세상 끝에
도착했습니다.

그랬더니 거기에
자신과 똑같은
행복-C가
있었습니다.

둘은 좋아하는
그림책 이야기로
한껏 신이 났습니다.

자기와 같은 일을 하는
로봇이 있다는 사실이
무엇보다 기뻤습니다.

"그림책은 어린이만을 위한 책이 아니야."
"그림책을 좋아하는 사람을 같이 찾아보자."

행복-C 둘은 한 팀이 되었습니다.

둘은 오래—
오래—
행복할 거예요.

끝.

덜컹　　덜컹　　덜컹　　덜컹

아, 그렇지….

맞아…. 이번 달에는
"뭐든 좋으니 한 쪽짜리 이야기를
다섯 개 그려 주세요."라는
작업 의뢰가 있었지.

'뭐든 좋으니까'라….

음,
다섯 개…
　다섯 개…
　　다섯…
조개?
다섯….

평생 5번이나 조개에 물린 남자의 이야기

제1화

필립 올랜도는 다섯 살 때,
바닷가에서 한창 재미있게 놀다가
커다란 조개에 손가락을 물렸다.

부모님이 떼어 내려고
이런저런 시도를 했으나
조개는 필립의 손가락을
더 힘껏 물었다.

다시 바닷물에 손가락을 담그자
조개가 떨어졌는데
그건 이틀 뒤의 일이었다고 한다.

제2화

필립 올랜도는 열두 살 때,
시장에서 생선 가게 외동딸을
멍하니 바라보다가 커다란
조개에 손을 물렸다.

소방관까지 출동해서
이런저런 시도를 했으나
조개는 도무지 떨어지지
않았는데,

안나 이모가 조개 틈으로
식초를 흘려 넣자,
너무도 쉽게 입을 열었다.

다만 그건 손을 물린 지
일주일이 지난 뒤였다고 한다.

제3화

필립 올랜도는 스물여섯 살 때,
약혼자에게 커다란 진주를 선물하려고
바다에 잠수했다가 또다시
커다란 조개에게 팔을 물렸다.

이 조개는 자그마치 3개월이나
필립의 팔을 물고 있었고,

왠지 몰라도 하짓날 밤에
알아서 입을 쩍 벌렸다.

그러나 그 3개월 사이에
약혼자는 이웃 마을 남자와
사랑에 빠져 떠났고,
벌어진 조개 안에는
진주도 없었다고 한다.

제4화

필립 올랜도는 43세 때,
골동품 가게에 놓인 커다란
조개에 발을 물렸다.
(조개가 이미 죽어서 껍질만
남아 있었는데도.)

그때는 이미 주변 사람들도
'아, 또 물렸네?' 하는 분위기였고
이상하게 여기지도 않았다.

조개는 5년이나 필립의 다리를
물고 있다가, 필립이 브라질 여행을
갔을 때 그 지역 사람들이
'고향의 늪'이라고 부르는 곳에
도착한 순간, 기다렸다는 듯이
필립의 다리에서 떨어져
늪으로 가라앉았다고 한다.

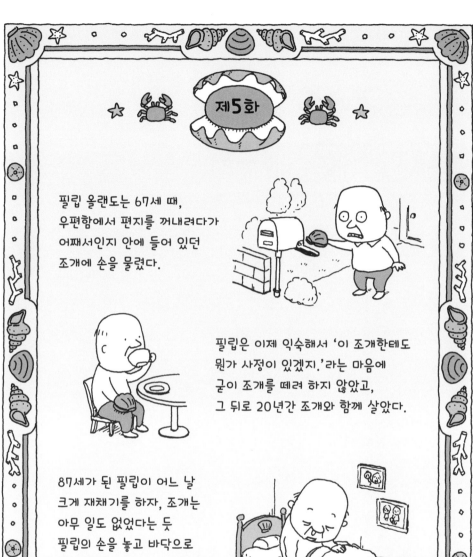

제5화

필립 올랜도는 67세 때,
우편함에서 편지를 꺼내려다가
어째서인지 안에 들어 있던
조개에 손을 물렸다.

필립은 이제 익숙해서 '이 조개한테도
뭔가 사정이 있겠지.'라는 마음에
굳이 조개를 떼려 하지 않았고,
그 뒤로 20년간 조개와 함께 살았다.

87세가 된 필립이 어느 날
크게 재채기를 하자, 조개는
아무 일도 없었다는 듯
필립의 손을 놓고 바닥으로
떨어졌다.

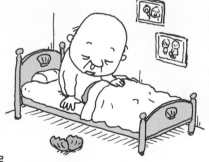

그다음 날, 필립 올랜도는
평온한 표정으로 하늘나라로
떠났다고 한다.

끝.

이번 달은…
'아버지'를 주제로
잡지 표지용 일러스트를
그려야 하는데….

아버지…

'아버지가 주연인
영화 포스터' 같은 건
어떨까…?

아….
이번 달은…
'어린이'를 주제로
잡지 표지용 일러스트를
그려야 했지.

어떻게 할까…?

아, 그래.
얼마 전 놀이공원에서
우연히 본
'욕망을 다 이룬 여자아이'를
그리자.

아이고….

이제 슬슬 정리해야지….
엉망진창이네….

아.
이거 예전에 그렸던 거다!
오랜만이네….

'편지'를 주제로
뭔가 그려 달라는
일이었지….

편지

청소하다가

어린 시절의 내가 쓴
'미래의 나에게 보내는 편지'가 나왔다.

편지 속의 어린 나는
당시 지식을 총동원해
내 미래를 걱정했다.

어린 나의 걱정은
절반은 맞고
절반은 틀렸다.

나는 어린 시절의 나에게 답장을 썼다.

그나저나 이거, 어떻게 보내면 좋을까.

왠지, 병에 넣어 마당의 커다란
나무뿌리 근처에 묻고 싶었다.

그런데 거기에는 이미 병이 하나 묻혀 있었다.

뜯어 봤더니
'나이를 먹은 내가 지금의 나에게 보낸 편지'가 나왔다.

이거, 읽어도 괜찮을까.

머리 아프게 고민했지만 역시 읽지 않기로 했다.

'일부러 써 줬는데 읽을 용기가 없어서 미안합니다.'
나이 든 나에게 사과하는 편지를 써서,

나무뿌리 근처에 묻어 두었다.

— 끝 —

아…
이런 것도 있었지.
이건 또 다른 주제인데.

이건…
그대로
넣어 두자….

사고 현장

대형 쓰레기를
버리는 곳에
샹들리에가 있었다.

'추락한 UFO' 같다고
생각했다.

그 자리에
버려져 있던 물건이
모두 추락한 UFO로
보이기 시작했다.

끝나는 방식

화장실 휴지는
점점 줄어드는 게
보이는데

티슈는 항상
갑작스럽게 다
떨어진다.

이제 얼마
안 남았네······.

어라!?
다 썼네!?

차츰차츰 끝나는 유형과 갑작스레 끝나는 유형.
연애든 인생이든 사람도 둘 중 하나의 유형에
속하지 않을까.

내 사랑은
언제나
티슈형······.

99

통풍

빨래한 웃옷을
이렇게 널어놓은
집이 있었다.

뭔가
귀엽네……

아마도 '빨리 마르도록' 연구한 결과일 텐데, 이렇게
빨래를 너는 사람과는 친구가 될 수도 있을 것 같았다.

저기요, 이 후드 티도 좀
넣어 주실래요?

이거지〜.♥

무슨 기념?

관광지에 가서 어떤 행동을 하거나 뭔가를 살 때면
'기념으로'라는 이유를 들곤 한다.

기념으로
어떠십니까?

어떤 일이든 '기념으로'라고 생각하면
왠지 좀 새로운 기분이 든다.

당신이 오늘
살아 있는
기념으로
이거 하나
어때요?

지루한 시간

얼마 전, '운전면허 갱신 강습(일본에서 면허를 갱신하기 위해 반드시 들어야 하는 강의)'에 다녀왔다.

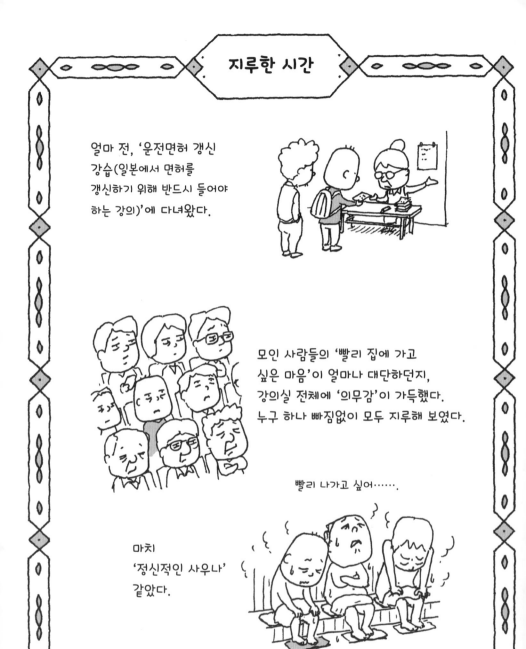

모인 사람들의 '빨리 집에 가고 싶은 마음'이 얼마나 대단하던지, 강의실 전체에 '의무감'이 가득했다. 누구 하나 빠짐없이 모두 지루해 보였다.

빨리 나가고 싶어…….

마치 '정신적인 사우나' 같았다.

그 사람다움

원룸 빌라의 베란다는
너저분해질 때가 많다.

밖   안   밖

베란다   실내   복도

주인이 보관해 둔 것이나
지겨워진 것, 나중에 정리할
물건들이 밖에서 제일
잘 보이는 곳에 있는 셈인데,

이 지원자는
이랬습니다.

기업 채용 담당자가
몰래 살펴보러
오지 않을까
생각했다.

아쉬운 자리

얼마 전에 간 라면 가게에 유일하게 한 자리가 비어 있었는데,
거기만 미묘하게 좁아서 손해를 본 기분이었다.

이 자리에 앉는 사람에게는 특별 서비스로
만두를 주면 좋겠다는 생각이 들었다.

실망스러운 열매

동네에 레몬 나무가 있는데, 매년 레몬이 주렁주렁 열린다.

귤나무였다면 "이런 곳에 열리는 귤은 아마 맛이 없을 거야."라고 했을 테니까.

다시 태어난다면, 사람들이 멋대로 '달콤한 맛'을 기대하지 않는 레몬 나무가 속 편하고 좋을 것 같다.

나는 시큼하면 실망하던데.

어떤 힘

한 어린이가 공원에서
아버지가 밀어 주는 그네를
타고 있었다.

문득, 우리 어른도
보이지 않는 그네를
타고 있는 건 아닐까
생각했다.

그렇다면 내 등은
누가, 무엇이 밀어 주고 있을까.

꿈의 흔적

요즘 좋아하는 일 중 하나가
'대형 제품 재활용 가게'에
가는 것이다.

운동·
다이어트 도구

나는 이곳을 '누군가 중간에 포기한
물건 박물관'이라 여기며,
원래는 누군가의 '꿈을 이뤄 주어야 했던
물건들'을 감상한다.

추천 코너는 누가 뭐래도 악기 코너.

아아…… 원래 주인은
누군가처럼 되고 싶었겠지.
지금 그 사람은
뭐가 되었을까……?

고양이다움

고양이는 지구상 어디에 있어도 인간 사회에서
'사랑받는 존재', '허용된 존재'인 것 같다.

어딘가 다른 별에도 '지구의 고양이 같은 존재'가 있을까.
있다면 그것은 어떤 모습일까.

소중한 것이란

본격적으로 대머리가
될 것 같아서, 며칠 전에
가격이 조금 비싼
'발모' 샴푸를 샀다.

그 샴푸를 쓰다 보니
'머리카락이 얼마 안 남았는데
비싼 샴푸를 쓰다니
돈 낭비 아닌가?' 하는
생각이 들어서,

'도대체 어떻게 하면 좋을까.'
욕조에 몸을 담근 채
어찌할 바를 몰랐다.

아직도 많은 사람이 마스크를 쓰고 다닌다.

'마스크를 쓴 모습이 오히려 인기 있는 사람'이나
'마스크 덕분에 시작된 사랑'도 있지 않을까.

무료 기간

스마트폰이나 인터넷 요금제는
"처음 3개월간 무료로 사용해 보실 수 있어요!"
같은 서비스를 제공하기도 한다.

사람은 태어나기 전에 신으로부터
"처음 18년간※ 각종 생활비가 무료로 제공됩니다!"라는
말로 이 세상을 추천받았을까.
(※고3까지 부모님과 사는 경우.)

앞을 향해

건물 2층에 헬스클럽이 있는데, 러닝 머신이
밖을 향해 놓여 있었다.

저 상태로 콘센트를 뽑으면 러닝 머신이 멈출 텐데, 그러면
달리던 사람들이 앞으로 튀어 나가지 않을까 생각했다.

전달 방식

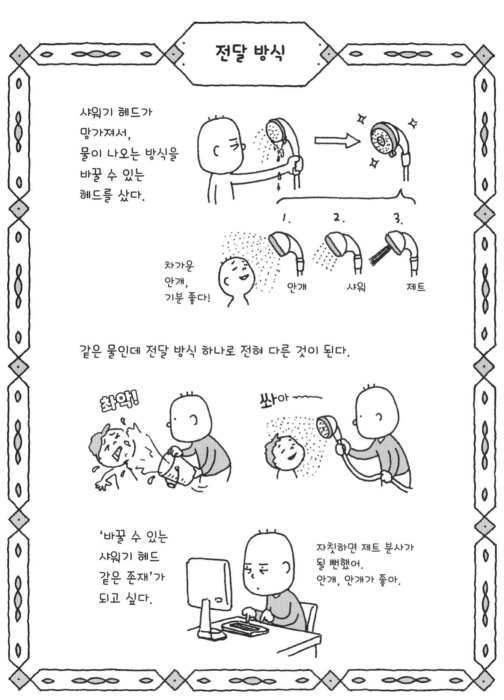

샤워기 헤드가 망가져서, 물이 나오는 방식을 바꿀 수 있는 헤드를 샀다.

차가운 안개, 기분 좋다!

1. 안개
2. 샤워
3. 제트

같은 물인데 전달 방식 하나로 전혀 다른 것이 된다.

촤악!

싸아~~~

'바꿀 수 있는 샤워기 헤드 같은 존재'가 되고 싶다.

자칫하면 제트 분사가 될 뻔했어. 안개, 안개가 좋아.

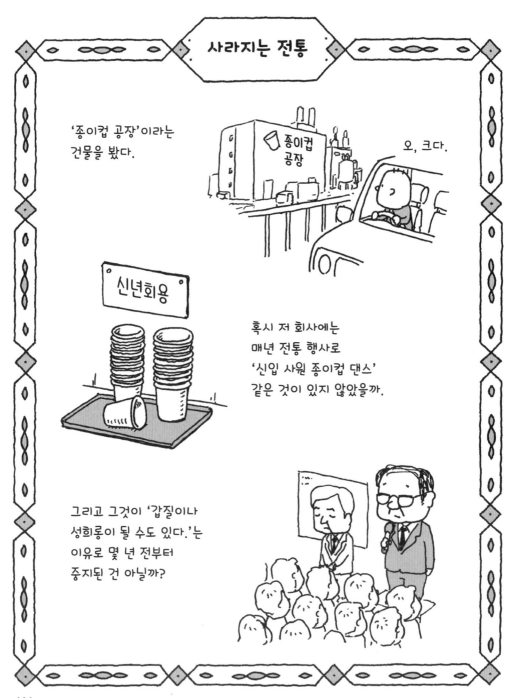

사라지는 전통

'종이컵 공장'이라는
건물을 봤다.

오, 크다.

신년회용

혹시 저 회사에는
매년 전통 행사로
'신입 사원 종이컵 댄스'
같은 것이 있지 않았을까.

그리고 그것이 '갑질이나
성희롱이 될 수도 있다.'는
이유로 몇 년 전부터
중지된 건 아닐까?

가능성

길 한복판에 '프릴이 달린
분홍색의 자그마하고
꾸깃꾸깃한 천'이
떨어져 있었다.

응?

뭐지? 뭐지?

설마……

……

자세히 보니 손수건이었다.

언뜻 봤을 때의 인상은
믿을 게 못 된다.

아아, 다행이다!
팬티인 줄
알았네!

당연해 보이는 경치도 자세히 들여다보면,
전혀 다른 것일지 모른다.

사실은 식빵.

사실은 브로콜리.

사실은 커피.

복수

1. 캠프장에서 장작을 사서 모닥불을 피웠다.

2. 아들이 "기념으로 하나 가져가고 싶어."라고 해서

3. 지금 집에 장작이 하나 놓여 있는데, 그 '태우지 않은 딱 하나의 장작'을 볼 때마다 왠지 두렵다.

4. 언젠가 저 장작이 복수하진 않을까……

너 때문에 내 동료가 모두 사라졌지. 나는 이 순간을 줄곧 기다려 왔다!

서러운 뿔

1. 강 상류에서
   사슴뿔 조각을
   주웠다.

   뿌리 쪽

2. 하나가 통째로 떨어진 뒤에※
   끝부분만 부러졌다고
   보긴 어려우므로,

   ※사슴은 매년 뿔 갈이를 한다.

3. 붙어 있을 때 부러졌을
   가능성이 커 보였다.

4. '뿔이 부러질 정도의 어떤 일'이란
   아마도 암컷을 둘러싸고 수컷끼리
   싸우다가 진 것일 테니,

5. 앞으로 '그 사슴'이
   행복하기를, 하고
   혼자 응원을
   보냈다.

   이것은
   '서러움의
   결정체'로구나.

본능

이런 것을 봤다.

왠지 '역경에 굴하지 않고
노력하는' 모습 같아서
감동할 뻔했는데,

잘 생각해 보니 이 식물은 딱히
노력하고 있는 것이 아니라
'가만히 두면 자연히
그렇게 되는 것'일 뿐.

이쪽이
위야.

그러니까

이쪽으로
자라야지.

'살아 있는 것은
그냥 두기만 해도 위를 향한다.'
참 잘 만들어졌다고 생각했다.

말은 하기 나름

세상에는 다양한 직업이 있는데, 각각의 업계에는
(고객이) 실수를 실수라고 여기지 않게 하는 기술이 있다.

아, 이 제품이
더 오래갑니다.

따끈따끈한 음식을
가져다드릴 테니
조금만 기다려
주시겠습니까?

더 좋은 방법이
있었어요.
더 나아질 겁니다!

개인적으로 '실수를 안 하는 프로'보다 '실수를 실수라고
여기지 않게 하는 프로'를 동경하게 되는데,

아아, 그 이야기요.
그게, 나이 든 분들한테는
인기가 있거든요?

나 자신에게는 '실수하지 않는다.'는 선택지가
없기 때문인 듯하다.

파트너

어린이가 인형을 안고
걸어가는 모습은
정말 귀엽다.

어른들도 인형을 하나씩 안고 다니면 어떨까.

다투는 일이 좀 줄어들 것 같다.

부끄러움

우산이
뒤집히면
이상하게
굉장히
부끄럽다.

파-앗

그 모양, 그 상태,
나쁜 운, 허둥대며
되돌리려는 모습.
견디기 힘들다.

형벌로 삼아도 될 정도라고 생각했다.

'역 앞에서 뒤집힌
우산 30분' 형에 처한다!

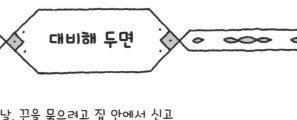

신발을 새로 산 날, 끈을 묶으려고 집 안에서 신고
아직 번쩍거리는 새 신발로 집을 돌아다니면 왠지 두근거린다.

언제든 그 두근거림을 느낄 수 있도록
'집 안에서 가끔, 아주 잠깐만 신는 새 신발'을
상비해 두면 어떨까.

...... 맞다. 이럴 때야말로
집 안에서 번쩍번쩍한
새 신발을 신을 때지.

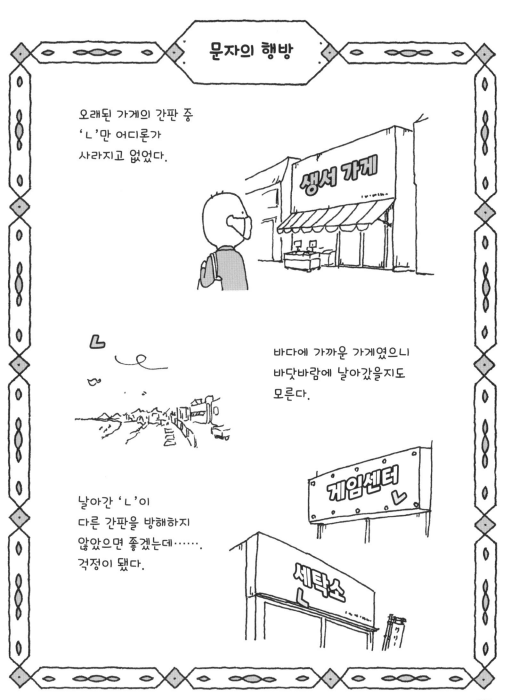

문자의 행방

오래된 가게의 간판 중
'ㄴ'만 어디론가
사라지고 없었다.

바다에 가까운 가게였으니
바닷바람에 날아갔을지도
모른다.

날아간 'ㄴ'이
다른 간판을 방해하지
않았으면 좋겠는데……
걱정이 됐다.

123

진실의 모습

며칠 전, 하수도가 막혔다.
직접 고치려고 나름대로
조사해서 '우리 집 하수도
배관 지도'를 만들었다.

결국에는 전문가를 불러서
정식으로 수리했는데, 예상과는
전혀 다른 배관이었다.

예상   현실

진실을 알기 전에 내가 그린
'상상의 배관도'가
옛날 사람들이 생각한 세계의
모습 같아서 왠지
사랑스러웠다.

축복

봄처럼 따스하고
상쾌한 바람이
아기의 머리카락을
흔들었다.

'아아, 정말 좋다.'
'세상은 아직 괜찮아.'
이런 생각이 들었다.
뭐랄까, 굉장히
마음이 놓였다.

반짝이는 생명의 빛에
둘러싸인 나는
그 순간 몸도 마음도
할아버지와 같아졌던 걸까
생각했다.

수줍어서

어린아이가
수줍어하는 모습이
귀여웠다.

요즘 나는 전혀
수줍어하지 않는다는 걸
깨달았다.

마지막으로
수줍었던 게
언제더라……

삶에 충실한 정도는
'수줍음'의 횟수와
같은 건 아닐까.

기분 좋음

푸드 코트에서 매끈매끈한 테이블 감촉을 즐기는
아기가 있었다.

어른에게도 순수하게 '만지는 느낌'을 즐길 여유가
있으면 좋을 텐데, 생각했다.

매끈매끈
클럽

알아줬으면 해

어린이는 설명하는 일에
서툴다.

할 수가
없대!

?

뭐가?

이렇게, 이쪽에서
힘차게 하는 거야.

?

응?

그런데 꼭 어린이뿐 아니라
인간은 기본적으로 설명을 잘
못하는 것 같다.

인류의 싸움이 끝나지 않는 것도
'설명을 잘 못하기 때문'이 아닐까.

고도로 발달한 우주인은
분명 설명을 아주 잘할 것이다.
(혹은 상대방을 이해시키는
다른 방법을 개발했거나.)

…… 어때?
알았지?

…… 완벽하게
알았어!

번역하면

예전부터 알던 팝송의
가사 뜻을 얼마 전에
처음으로 알았다.

아,
이런
의미였구나!

이런
노래였구나!

팝송 말고도 의미를 모르는 상태로 듣는 것이
이것저것 많은 건 아닐까.

산들 산들 산들~~~
(오늘은 오후부터 비가 와요.)

삐삐삐~ 삐
삐~ 삐삐삐
(스마트폰
안 가지고 왔어.)

가게에서
"이건 머리까지 먹을 수 있으니까
꼭 드셔 보세요!"라는 말을 들었는데
상당히 부담스러웠다.

커다란 생선구이.

'꼭'이라니…….

아들

우물우물
우적우적

이런 건 좀
별로인데…….

어? 머리를 안 먹었네!
안 되지!

하지만…….

편집자에게
"이건 시작부터 재미있으니까
꼭 크게 웃어 주세요!" 하며
기획서를 보여 주는 거나
마찬가지라고 생각했다.

용량

어린이는 '자기 신체를 짐작하는 일'에 서툴다.

빨리 자야지!

안 졸려!

쿨~~.

배 안 고파?

응.

나도 먹고 싶어.

화장실 다녀와!

안 마려워!

화장실 가고 싶어.

'사람으로서 경험'이 부족하기 때문이라고 생각했는데,

단순히 어린이는 몸이 작으니까 금방 꽉 차거나 텅 빌 수도 있겠다는 생각이 들었다.

어린이는 그릇이 작아!

마음도 배도 오줌도!

나의 불만

백화점에서
갖고 싶은 선물을
찾지 못한 아이가
화를 냈다.

여기에는 내가
좋아하는 게
없어!

아아, 모두가 똑같다고 생각했다.

내가 좋아할 만한
일은 없을까?

나를 행복하게
해 줄 사람은
어디 있을까?

제대로 된
지도자는
없을까?

내가
만족할 게임은
없는 건가?

딱 맞는 것을 원하기 때문에 모두가 화를 낸다.

높은 곳에서

높은 곳에서 바라보는
경치를 좋아한다.

높은 건물을 바라보는 것도
좋아한다. 저 꼭대기에서는
뭐가 보일까 상상해 본다.

마음속에도 높은 곳이
있었으면 좋겠다.

생각에 잠겼을 때, 초조할 때,
우울할 때, 망설여질 때

올라갈 곳이 있으면
좋을 텐데.

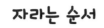

자라는 순서

아아, 알았어,
알았다고!

발끈

어린이는 조금만 크면
건방진 소리를 해서
부모를 화나게 한다.

저 녀석이…….

부모 입장에서는 '혼자서 아무것도 못 하는
주제에.'라고 생각하지만,

알았어,
알았어!

알았어,
알았어!

잘 생각해 보면 인간은
가장 먼저 말부터
성장하는 법이다.

먼저
말투가
어른스러워진다.

그 후에
몸과 능력이
어른스러워진다.

딱히 건방지게 굴려고
그러는 게 아니라
할 수 있는 것부터
성장할 뿐이다.

네네.

발끈.

그래도 화가 나긴 해.

대형 마트에서.
경비원이 마트 직원에게 뭔가
도와 달라고 부탁하고 있었다.

현장으로 가면서
경비원이 말했다.

이봐.

네 명만 있으면
뭐든지 할 수 있어.

어?
'뭐든지'?!
그런데…… 정말
그럴지도 몰라!

뭐랄까, 세상의 비밀을
배운 듯한 기분이었다.

그 네 명이 그 후에
무엇을 해냈을지
굉장히 궁금했다.

나의 신

손을 이렇게 하고 손가락을 보면서,

서서히 얼굴을 가까이 가져가면,

빠히—

손가락 사이에
소시지가 생긴다.

?

내 눈에만 보이고,
나만을 지켜 주고 이끌어 주는
나만의 전속 신이 혹시 있다면,

이것이 바로 '나만을 위한 신'일지
모른다고 생각했다.

손가락을 조금 떼면
허공에 뜬다!

다음에는 고민을
상담해 볼 생각이다.

저기요,

제 말 좀
들어 주실 수
있나요?

136

나는 여기에 있어

예전에 한 아이가 모르는 사람에게
손을 흔들고 있었다.

자그마한 손으로,
자기가 여기에 있다고
이 세상에 알리고 있었다.

본인은 만족스러워 보였고,

손 인사를 받은 사람들도
모두 싫지 않은 듯했다.

거기에는 훈훈하고
근사한 소통이 있었다.

나도 그런 느낌이 나는 걸
만들 수 있으면 좋겠다.

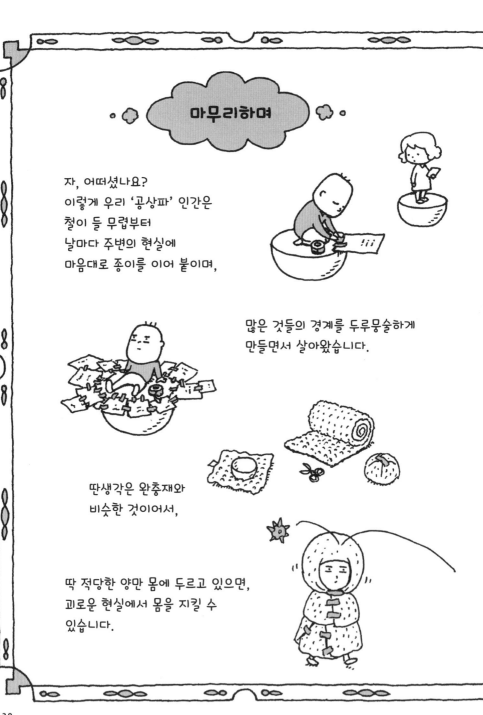

마무리하며

자, 어떠셨나요?
이렇게 우리 '공상파' 인간은
철이 들 무렵부터
날마다 주변의 현실에
마음대로 종이를 이어 붙이며,

많은 것들의 경계를 두루뭉술하게
만들면서 살아왔습니다.

딴생각은 완충재와
비슷한 것이어서,

딱 적당한 양만 몸에 두르고 있으면,
괴로운 현실에서 몸을 지킬 수
있습니다.

다만 너무 과하면
현실에 손을 내밀기 어려워지거나,
시야가 가려지기도 합니다.
장점이 있으면 단점이 있는 법이죠.

뚝……
뚝……
뚝……
뚝……

뭐, '딴생각은 완충재 같은 것'이라는
비유 또한 억측이지만요.

애초에, 제가 인생에서 처음으로 한
딴생각은 무엇이었을까 생각해 봤습니다.

아빠란다.

이 사람은……
그럭저럭 자주 보이긴 하는데
누구지?

엄마보다 약해 보이고
눈치도 영 없단 말이지.

· · · · · 적?

· · · · · 적인가?

그리고 당연히 '인생 마지막에 할 딴생각은 무엇일까?'도
궁금해졌죠.

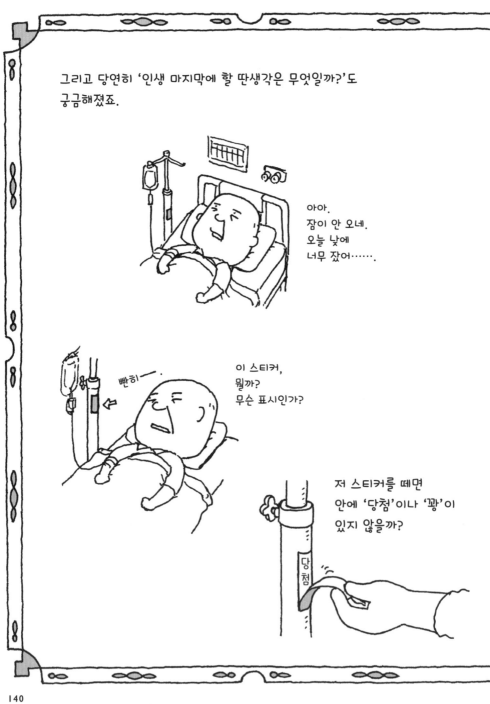

아아.
잠이 안 오네.
오늘 낮에
너무 잤어…….

빠히…

이 스티커,
뭘까?
무슨 표시인가?

저 스티커를 떼면
안에 '당첨'이나 '꽝'이
있지 않을까?

당첨

만약 '당첨'이라면
뭔가 받을 수 있을까?
받는다면 뭐가
좋을까……

서프보드는 좀 별로고…….
필요 없으니까.

'앞으로 수명이 10년 늘어나는 티켓'이나,
아니, 그건 그것대로 귀찮겠고.

뭔가 이렇게 작고,
손에 들고 있으면 마음이
놓일 만한 귀여우면서
멋있는…….
뭐가 좋을까?

아니, '당첨'이나 '꽝'이
아닐지도 모르지.
뭐라고 적혀 있으면
기분이 좋아질까…….

빤히—.

지은이 요시타케 신스케
첫 그림책이자 출간 즉시 베스트셀러가 된 《이게 정말 사과일까?》로 제6회 MOE 그림책방 대상과 제61회 산케이 아동출판문화상 미술상을 받았다. 《이유가 있어요》로 제8회 MOE 그림책방 대상, 《벗지 말걸 그랬어》로 볼로냐 라 가치상 특별상, 《이게 정말 천국일까?》로 제51회 신풍상을 받는 등 전 세계에서 인정받는 작가다. 그동안 그리고 쓴 책으로 《이게 정말 사과일까?》를 비롯해 《이게 정말 나일까?》 《이게 정말 천국일까?》 《이게 정말 마음일까?》 《도망치고, 찾고》 《더우면 벗으면 되지》 《나도 모르게 생각한 생각들》 《심심해 심심해》 《아빠가 되었습니다만,》 《있으려나 서점》 《신기한 현상 사전》 《머리는 이렇게 부스스해도》 《살짝 욕심이 생겼어》 《그 책은》 등이 있다.

옮긴이 이소담
동국대학교에서 철학 공부를 하다가 일본어의 매력에 빠졌다. 읽는 사람에게 행복을 주는 책을 우리말로 아름답게 옮기는 것이 꿈이고 목표이다. 우리말로 옮긴 책으로는 히로시마 레이코의 〈십년 가게〉와 〈나르만 연대기〉 시리즈, 《신기한 현상 사전》 《혼자 여행을 다녀왔습니다》 《오늘의 인생》 《최애, 타오르다》 등이 있다.

나만 그런 게 아니었어

1판 1쇄 발행 | 2023. 9. 21.
1판 2쇄 발행 | 2023. 11. 27.

요시타케 신스케 지음 | 이소담 옮김

발행처 김영사 | **발행인** 고세규
편집 김인애 | **디자인** 윤소라 | **마케팅** 이철주 | **홍보** 조은우
등록번호 제 406-2003-036호 | **등록일자** 1979. 5. 17.
주소 경기도 파주시 문발로 197(우 10881)
전화 마케팅부 031-955-3100 | 편집부 031-955-3113~20 | 팩스 031-955-3111

값은 표지에 있습니다.
ISBN 978-89-349-4098-2 03830

좋은 독자가 좋은 책을 만듭니다. 김영사는 독자 여러분의 의견에 항상 귀 기울이고 있습니다.
전자우편 book@gimmyoung.com | 홈페이지 www.gimmyoung.com